Les yeux secs

Arnaud Cathrine

Les yeux secs

Éditions J'ai lu

Pour mes parents
Pour ma sœur

À la mémoire de ma grand-mère

« *"Allons, vieux, dites la vérité ; avez-vous vu cela ? Y étiez-vous réellement ?"* » Car toutes les guerres se ressemblent : la même poudre détonante quand il y eut la poudre, le même coup d'estoc et la même parade, avant qu'elle n'existât : les mêmes contes, les mêmes récits, le même que la dernière ou que la prochaine fois. Nous savions donc qu'il y avait une guerre. »

William Faulkner, *L'Invaincu*
(Traduction de R.N. RAIMBAULT
et Ch.-P. VORCE)

1

Fais le mort

La fenêtre du premier étage est entrouverte. Elle claque de temps à autre. Un souffle capricieux s'engouffre dans l'embrasure, sans parvenir toutefois à chasser l'odeur qui s'est répandue peu à peu dans toutes les pièces.

Quelques maisons voisines de la nôtre ont été épargnées. Elles s'élèvent modestement d'entre les ruines avachies.

À gauche, un immeuble finit tout juste de brûler. Par endroits, on en aperçoit l'ossature métallique. L'âcre respiration du feu l'a meurtrie, noircie. Il eût été plus juste de le détruire tout à fait. Des pans de murs calcinés jonchent le bitume.

Plus loin, l'une des grandes avenues de la ville semble sommeiller, abandonnée au silence et comme encombrée d'un espace dont elle ne trouve plus l'usage.

Les passants se font de plus en plus rares. Il faut dire que notre quartier fut le premier visé.

Le vent d'est a charrié la poussière d'un sable gris venu se déposer au coin des trottoirs vides, des balcons désertés. Mais peut-être n'est-ce que la cendre des bombardements.

Depuis le début des combats, le sol martelé par les détonations rend le ciel pareil à un dôme menaçant ; on le croirait gonflé comme un sac d'argile près de céder.

Les soldats de la milice jalonnent les avenues à intervalles réguliers. Raides et attentifs, ils surveillent chacun de nos faits et gestes. Ils ont reçu des ordres que nous connaissons et dont nous tenons compte par crainte d'une nouvelle rafle.

Un convoi militaire vient parfois réveiller le silence ombrageux du quartier. Les véhicules anti-émeutes roulent lentement. Leurs vitres sont grillagées. Les miliciens de l'Ouest viennent ainsi nous rappeler à leur triomphe. On trouve toujours à triompher sur des ruines.

Les listes ont été établies depuis long-temps. Les sections chargées des exécutions sont reconnaissables à leurs galons écarlates. Chacune d'entre elles est composée de trois individus – un supérieur, détenteur de la liste, et deux exécutants, jeunes pour la plupart. Ceux-là sont tirés au sort. L'état-major leur impose cette tâche ingrate pour éviter qu'ils ne s'attendrissent sur le sort des civils. Quelques cas de désertion, punis de façon expéditive, ont convaincu les plus rétifs. On les voit suivre pas à pas leur supérieur, s'efforcer de singer sa fermeté.

Les sections n'ont pas de temps à perdre en salves successives, la première doit être la bonne. On leur a dit de ne pas regarder le visage des victimes et d'obéir sans état d'âme aux ordres de tir de leur chef.

Nourries par la délation, les listes s'allongent à mesure que les jours passent. Personne cependant n'en connaît les critères de sélection. Le nouveau pouvoir a les siens qu'il modifie au fil du temps et selon le souvenir des guerres précédentes.

Les sections d'exécution reviennent parfois dans le quartier à la faveur d'un nouveau nom apparu sur les listes. La milice, quant à elle, fait des rondes toutes les deux heures.

Durant les patrouilles, le silence ourdit. Les habitants suivent le bruit des pas sur le bitume liquéfié par la chaleur. Ils restent là, figés par ce signal de mort.

Vivant à l'affût et dans la défiance la plus totale, on a tôt fait de confondre les sons et de s'alarmer du claquement d'une fenêtre. À chacune des opérations de la milice, tout semble prompt à tromper par surprise…

Il est midi. La section opère.

Dans le petit pavillon de droite, les premiers coups de feu retentissent.

Les trois hommes franchissent le seuil de la porte. Ils ont vraisemblablement laissé les corps en place à l'intention de la milice.

Le supérieur désigne notre maison.

Ils passent la grille et traversent le minuscule jardin qui n'a pas été entretenu depuis plusieurs semaines et dont les herbes envahissent l'allée centrale. Ils entrent après une brève halte sur le perron.

L'odeur du grand hall les agresse immédiatement. L'un d'eux grogne. Ils découvrent alors les quatre corps enchevêtrés sur le tapis.

Bruissement de papier.

Le supérieur vérifie sa liste.

L'entrée forme une vaste pièce qui s'élève d'un seul tenant jusqu'au premier étage. Un escalier de marbre y conduit. Une balustrade en fer forgé contourne les trois pans de murs principaux et dessert les chambres. Le hall est sombre. Les rideaux de l'unique fenêtre sont tirés. On discerne cependant la couleur pourpre des tentures.

Les deux exécutants baissent leurs armes dans l'attente d'un ordre de retrait.

Le supérieur contourne les cadavres – un homme et une femme d'une cinquantaine d'années et deux adolescents. On distingue à peine les visages. Ils sont enfouis, calés dans leurs coudes inanimés, comme dans un ultime mouvement de terreur.

L'entassement de ces corps ne semble pas naturel. La section qui s'est chargée de l'exécution les aura sans doute surpris séparément avant de les regrouper dans le hall en un amas hasardeux.

Le supérieur s'empare de quelques enveloppes posées à côté du téléphone en bas de l'escalier. Il prononce notre nom.

Après avoir consulté sa liste, il se fraie un chemin jusqu'à la porte d'entrée, jette un dernier regard sur les cadavres et sort de notre maison, suivi des deux exécutants.

2

En sursis

Hamjha fut la première à relever la tête.

– Je ne supporte plus cette odeur, Odell. Pourquoi faut-il que papa pourrisse aussi vite…

– Reste immobile, lui soufflai-je, ils ne doivent pas être loin.

– Je les ai entendus refermer la grille, rectifia ma sœur aussitôt.

Je commençai par ouvrir les yeux puis dégageai mon visage de la chevelure froide de ma mère. Hamjha avait raison, l'odeur venait bien de notre père.

Ma sœur se leva et gravit l'escalier à pas mesurés. Ses cheveux venaient s'épandre sur une chemise froissée par une sueur de plusieurs jours. On devinait à travers le tissu opaque sa stature fluette. L'assurance de son pas contredisait pourtant cette apparente fragilité.

Une fois parvenue au premier étage, elle se baissa, dépassant la fenêtre, et s'agenouilla, les mains apposées au mur, à l'angle où les rideaux bâillent et laissent entrevoir la rue. Son regard en creux affichait une attention résolue. Je demeurai sans force, assis en tailleur auprès de nos parents.

– Il n'est pas question de descendre les corps à la cave, lançai-je soudain.

La suggestion de Hamjha, si souhaitable fût-elle, ne m'en semblait pas moins risquée. La milice, lors de ses passages, s'apercevrait immanquablement de leur absence.

Nous étions donc condamnés à vivre dans la promiscuité des corps de nos parents pareillement déchiquetés au niveau du thorax.

Voilà trois jours que la fusillade avait eu lieu. Trois jours durant lesquels nous avions dû subir les visites de la milice. Chaque fois nos ventres cognaient à tout rompre. Le risque que notre souffle, empê-tré dans l'odeur de décomposition, ne soit pas suffisamment discret nous tyrannisait.

De même, Hamjha et moi redoutions notre toux. L'air vicié de la maison sem-blait avoir pris d'assaut notre gorge. J'avais conseillé à ma sœur de respirer par la bouche pendant les visites, l'appel d'air plus large contrebalançant le peu d'espace que nous allouait la position de notre visage accolé au tapis. Reste que nous cou-rions le risque de tousser à chaque instant, nous condamnant alors à une mort cer-taine.

Excepté quelques mots lancés entre eux, tous les mouvements des miliciens se fai-saient en silence. Nous ignorions jusqu'à la position de leurs armes, les supposant pointées vers nous.

Ainsi ne suffisait-il pas que nous ayons nuit et jour deux cadavres sous les yeux : la mort revenait nous rendre visite, sans que nous puissions savoir si, cette fois, elle nous désignerait pour de bon.

Quand la milice s'en retournait, l'un de nous allait dans l'une des pièces initialement fermées (nous n'avions rien changé dans la maison depuis la fusillade) afin d'y respirer un air tout aussi rare, du moins plus sain.

Pour finir, Hamjha et moi nous relayions toutes les deux heures à la fenêtre du premier étage, prêts à reprendre en catastrophe notre position de cadavres.

Quinze heures trente. J'observai à nouveau les corps de mes parents. Hamjha avait exigé que l'on tourne leurs visages de sorte que leur regard morne nous soit dissimulé. J'en avais pourtant souvenir – mon père, les lèvres entrouvertes, et ce front où apparaissaient de profondes rides, comme s'il avait pris soin de se vieillir avant d'expirer. Le visage livide de ma mère était libre de tout masque morbide, on eût dit qu'elle dormait, apaisée.

Je les avais longuement regardés avant de tourner leur tête de côté. Je fus surpris par la tiédeur de cette peau qui, bien que déjà jaunâtre, n'était pas tout à fait refroidie. La chaleur de la maison les avait tenus dans une fièvre molle qui me levait le cœur.

Hamjha m'avait déjà fait remarquer que nous n'avions pas pleuré une seule fois depuis la fusillade. Mais c'était le sentiment convenu des temps de paix que nous aurions dû pleurer. Quelques heures d'un sommeil interrompu par les fausses alertes n'avaient pas suffi à nous rendre toute notre conscience. C'était comme si l'irréalité de ce qui venait d'arriver nous interdisait d'être au fait de ce deuil. Comme si le chagrin et le désespoir ne trouvaient plus à s'incarner, égarés dans une histoire où il eût été inconvenant de se manifester.

Toute notre attention s'en voyait réduite à l'affût. Nous restions silencieux le plus souvent. L'éternité de cette attente absorbait tout, jusqu'au souvenir même de la fusillade. Autant d'images rendues vaines par la menace. Autant d'énigmes que j'étais résolu à ne plus tenter d'éclaircir.

Je me levai et montai au premier étage pour y rejoindre Hamjha.

– Reste-t-il des allumettes ? demandai-je.

Ma sœur me regarda d'un air stupide.

Je me courbai sous la fenêtre et en examinai longuement l'embrasure.

– On ne pourra bientôt plus respirer ici, déclarai-je finalement. Il faut créer un courant d'air.

Je descendis prudemment l'escalier et, une fois que Hamjha m'eut assuré d'un signe de la tête que rien ne venait au-dehors, je traversai l'entrée. Encore une précaution que la panique rendrait bientôt vaine.

J'ouvris la porte qui menait à la cave et utilisai mon briquet pour descendre les marches étroites (dans cette partie de la ville l'électricité était coupée depuis plus d'une semaine).

Une fois en bas, j'allai entrouvrir la fenêtre minuscule qui donnait sur le gravier et la feuillée. Nul ne pourrait s'en apercevoir contrairement à celle du premier étage, plus exposée.

M'étant muni d'une allumette dans la cuisine, je remontai le grand escalier de marbre et, sous le regard dubitatif de ma sœur, me débarrassai d'un tiers du morceau de bois pour placer l'autre entre les deux bords de la fenêtre dans l'espoir que le faible interstice laisserait passer un souffle régulier. Les lourds rideaux pesèrent, déjouant mon installation et rejetant l'allumette à terre. Le bruit sec de la fenêtre se refermant nous fit sursauter. J'attendis que Hamjha eût inspecté la rue pour renouveler ma tentative. Cette fois, l'allumette resta en place.

– Nous n'en verrons les effets que ce soir, fis-je remarquer. L'air est trop chaud cet après-midi.

Je me penchai sur la balustrade. Les cadavres étaient là, comme veillant sur nous.

Le matin même, Hamjha avait eu un mouvement de colère. Le premier.

— Si la milice revient, j'irai me réfugier au grenier.

— Nous sommes quatre sur la liste, lui rétorquai-je. Tu peux bien te cacher, ils te trouveront. Mieux vaut qu'ils nous croient morts et nous oublient.

Hamjha était assise contre la rampe. Elle soupira, ressassant avec incompréhension notre funeste désœuvrement. Je faisais le guet à droite de la fenêtre.

— Les réserves seront bientôt épuisées, Odell.

Je ne répondis pas, singeant l'indifférence. Regarder Hamjha, c'eût été admettre ce que je m'efforçais de nier (ou d'oblitérer du moins) depuis la fusillade.

Hamjha hésita, puis murmura lentement :

– Parfois, j'aimerais sortir dans la rue pour aller me jeter sous leurs armes. Ils me tueraient. Ce serait fini.

– Tu nous condamnerais tous deux.

Hamjha désigna les corps dans l'entrée :

– Crois-tu venger leur mémoire ? Ta résistance de fortune n'aura qu'un temps…

Il m'arrivait d'invoquer mon mépris pour les vainqueurs. Hamjha arguait sèchement qu'ils nous tueraient comme les autres, déjouant mes velléités de dignité. Il faut dire que ses forces s'étaient sensiblement amenuisées depuis quelques heures. Aussi commençais-je à m'en méfier. Il me semblait brusquement que je surveillais la rue tout autant qu'elle, comme si je craignais qu'Hamjha ne s'y précipite.

– Ils viendront bien un jour ou l'autre, lançai-je.

– Qui donc ?

Eux… Tout tenait dans ce bout de phrase qui manquait. Cette seule illusion m'aidait à supporter notre clandestinité qui sans cela m'eût paru atroce d'absurdité.

À gauche de l'immeuble incendié habitaient des amis de mes parents, les Tökson. Ils avaient été épargnés. J'enviais leur liberté relative bien qu'accablé à l'idée qu'ils auraient été les seuls à pouvoir faire quelque chose pour nous et qu'ils ne pouvaient rien. Sans doute nous croyaient-ils morts.

Un réseau de résistance s'était-il organisé en ville ? Dans mes moments d'espoir les plus fugaces, j'imaginais que Tökson en faisait partie, qu'une nuit il nous apporterait des vivres et nous assurerait d'une libération prochaine. On croit pouvoir parfois retarder la mort : simplement en ne la regardant pas en face.

Ce matin-là, Hamjha descendit l'escalier sans quitter du regard les cadavres.

Je m'étais bien gardé de lui confier ma plus grande crainte. N'importe qui pouvait accéder à la cuisine par une porte dérobée. Inutile de la fermer à clef, la section l'avait utilisée lors de son premier passage. Elle donnait derrière la maison. De la fenêtre du premier étage, il était impossible de surveiller cette façade. Si la milice décidait d'entrer par là, c'en serait fait de nous. Aussi étions-nous convenus (à l'insu de ma sœur) que tout bruit suspect au rez-de-chaussée devrait être signalé. Y compris par celui dont ce n'était pas le tour de guetter.

À seize heures, un repli inattendu des troupes se fit entendre. J'en informai Hamjha afin qu'elle se tînt prête à reprendre sa place. Curieusement, les soldats quittèrent la rue en enfilade serrée. Je comptai machinalement leurs pas. La poussière les accompagnait, voilant un moment les ruines brûlantes, s'évadant au-dessus d'elles comme pour attirer jusqu'à nous la voûte plombée du ciel. Dans le même temps, je me convainquis que c'était le moment ou jamais d'envoyer un signe de vie aux Tökson.

Une fois assuré que nul soldat n'était en vue, j'ouvris l'un des rideaux et me postai derrière la vitre.

Hamjha monta à mes côtés, me jugeant fou.

Je lui expliquai :

– On regarde plusieurs fois par jour chez ses voisins, même à son insu. On s'habitue à l'image d'un volet clos, d'une fenêtre ouverte, le moindre changement éveille notre curiosité. Si les Tökson aperçoivent l'un des rideaux ouverts, ils comprendront que nous sommes encore en vie.

Je priai pour que l'un des deux jette un regard furtif vers notre maison. Hamjha me fit alors remarquer que l'orientation du soleil à cette heure rendait la vitre aveuglante, qu'il était par conséquent impossible qu'on discernât quoi que ce fût de changé sur la façade de notre maison. Je dégageai donc l'allumette et entrouvris plus franchement l'un des battants de la fenêtre, exposant mon visage à la rue. La maison demeurait muette et impuissante. Hamjha ébauchait des gestes de panique, à court de paroles devant mon inconscience.

J'eus tout juste le temps de dégager mon visage lorsque les soldats de la milice revinrent. Je refermai la fenêtre et tirai le rideau précipitamment. Une fois l'allumette en bonne place, je laissai Hamjha à son poste de guet, prenant soin de dissimuler mon découragement.

Je repense à cette journée de février où tout bascula et c'est comme s'il me fallait invoquer quelque fatalité. Comme si la sentence était tombée. Comme si nous avions payé nous aussi.

Un soir que nous rentrions d'un dîner chez les Tökson, je remarquai un air inquiet à mon père. C'était aux premiers jours des combats. N'ayant pu retenir ma mère et ma sœur au salon, nous nous assîmes tous deux devant le feu alourdi de cendre et déjà presque étouffé.

Tandis que j'y ajoutais quelques bûches, mon père prit une voix incertaine et m'annonça que Gaone Tökson avait quitté le comité des Affaires sociales où lui-même siégeait depuis plusieurs années. Tökson prétendait que des factions se préparaient à intensifier la guerre et que des représailles étaient à prévoir contre ceux qui hésitaient quant au choix de leur camp.

Je revins m'asseoir en face de lui. Il me fixait avec sévérité, comme pour trouver sur mon visage les marques d'un assentiment qui viendrait conforter sa déception.

— Regarde bien comme nous croyons connaître ceux avec qui nous vivons, prononça-t-il lentement. Il suffit parfois d'un seul geste pour nous détromper…

Il soupira avec impatience :

— Ai-je demandé à faire brûler mes livres, moi ?

— Alors tu veux que nous restions ? avançai-je timidement. Il y a dix ans, tes parents ont voulu rester eux aussi… Ils ont péri sous les bombardements.

Mon père ne répondit pas. Je ne mesurai pas la dureté de mon constat, préoccupé par notre improbable départ.

— Ça recommence. La même chose, le même pays. Était-ce inévitable que ça recommence ? Et peut-être Tökson a-t-il raison…

— Le départ de Tökson trahit brusquement ce qu'il est vraiment et que je n'ai jamais voulu reconnaître.

Prostré dans un silence ahuri, mon père jeta sa cigarette au feu. Son regard s'évanouit dans la torpeur des flammes.

Je comprenais par ces rudes paroles qu'il me considérait maintenant en âge de savoir. Il lui arrivait depuis quelques semaines de me parler de la guerre en termes sévères, comme s'il n'était déjà plus temps de me ménager ou comme s'il fallait que je me prépare à vivre sans lui.

Là-dessus, il eut un rire bref, cherchant soudain une mesure plus légère à ses sombres pensées :

— Quelle femme odieuse, cette Kwira Tökson, n'est-ce pas ?

Je souris à mon tour, partageant le dédain de mon père. Kwira était une bourgeoise affable et dévouée, qui dépensait son temps en avis maladroits, coupant court aux conversations qui la dépassaient de la façon la moins scrupuleuse qui fût. Confusément impressionnée par mon père, elle aimait à le faire parler *de ses livres, se donnant ainsi l'occasion de claironner ses opinions saugrenues ; car c'était une réserve fréquente chez elle qu'ils manquaient parfois au bon goût (la revanche des femmes trompées…).*

Revenant de ces soirées durant lesquelles il avait pu constater que les livres ne forment pas plus le jugement que la vie, mon père mesurait avec agacement la vanité que Kwira parvenait à tirer de ses propres méprises. Gaone Tökson demeurait interdit en pareil cas, laissant avec découragement sa femme à ses pauvres mondanités. Au fond, mon père lui savait gré de ce silence ; car c'est toujours un grand courage pour certains de parvenir à se taire lorsqu'on n'a rien à dire.

— Qu'aurions-nous fait sans la bienveillance de Juhazni ? reprit mon père.

— Pourquoi Juhazni vient-il encore aux dîners de Kwira ? demandai-je.

— Par politesse, rit mon père. Je crois bien qu'il y trouve malgré tout quelque amusement…

— Il a sauvé notre soirée, effectivement.

— Malheureusement, les rumeurs n'ont que faire de ton avis, mon petit Odell.

Je ne compris pas de quelles rumeurs il voulait parler. Il regagna son bureau, pénétré de pensées que je savais concerner la guerre.

Traversant le hall pour monter dans ma chambre, je crus le trouver à écrire. Il tenait devant lui une lettre dont j'ignorais encore le contenu.

Je gravis l'escalier, soucieux de ce qu'il eût passé une si détestable soirée.

Mon père savait que notre nom figurerait sur les listes. Il n'en parla à aucun moment.

C'est à ce silence que je pense aujourd'hui.

Il était dix-sept heures et la milice terminait sa ronde. Les soldats réinvestirent le poste qui leur incombait tandis que Hamjha et moi nous dégagions de l'enchevêtrement des cadavres où nous nous étions réfugiés.

Je me glissai sous la fenêtre du premier étage, m'efforçant de respirer un peu d'air. Hamjha était descendue à la cave, dans l'espoir que l'odeur ne l'y suivrait pas.

La maison des Tökson demeurait inerte. En face, le feu s'était assagi jusqu'à s'évanouir complètement. La fatigue troublait déjà ma vue, gommant les contours des ruines. Vision confuse. Pareille à celles qui nous assaillent après un cauchemar.

J'allais revenir à la demi-obscurité du grand hall lorsque j'aperçus deux miliciens sortant du pavillon mitoyen et traînant derrière eux des cadavres (le bruit des corps soumis, le froissement des hanches dociles quand elles glissent du trottoir). Ils les emportaient probablement à la périphérie de la ville pour les brûler.

Je descendis l'escalier précipitamment, manquant m'effondrer à chaque pas. Il me fallait prévenir ma sœur, la milice venait nous chercher. Comment n'y avais-je pas pensé plus tôt, comment n'avais-je pas deviné qu'ils ne nous laisseraient pas pourrir ici ?

Plongeant mon buste dans l'escalier, j'appelai ma sœur d'une voix pressante. Hamjha ne venait pas. Elle était sans doute allée respirer l'air au fond de la cave en dépit de mes recommandations. Je l'appelai de nouveau et constatai que nos chances d'échapper à cette ultime visite étaient infiniment minces. Que nous simulions, et la milice, en s'emparant de nous, constaterait la chaleur de nos corps. Pire : en admettant que nous arrivions sains et saufs dans le funeste champ, nous

nous verrions abandonnés au milieu des cadavres et du feu, incapables de nous ruer hors d'atteinte sans nous faire exécuter en chemin.

De dépit, j'optai pour une solution tout aussi dérisoire : aller me cacher à ses côtés. La milice nous trouverait calfeutrés l'un contre l'autre près de la chaudière et nous tuerait.

Je dévalai l'escalier de la cave. Hamjha s'était réfugiée dans la dernière pièce. Elle m'assura n'avoir rien entendu de mes appels successifs. Je donnai l'alerte : la milice était en charge de ramasser les corps, elle arrivait, c'était fini.

Hamjha glissa contre la chaudière.

Trépignant pour chasser la frayeur qui s'appesantissait, je m'éloignai et allai me poster près de la petite fenêtre que j'avais ouverte précédemment.

Là, je pus entendre de nouveau le bruissement des corps qu'on chargeait dans une fourgonnette, ainsi que quelques échanges de paroles. Je m'étonnai de ne pas voir déjà les miliciens s'engouffrant avec sévérité dans l'escalier de la cave.

Le souffle saccadé de ma sœur. La peur qui finit par s'évanouir, puis revient, plus forte, plus tyrannique. La peur qui vous vide les jambes et le haut du ventre. Une peur qui tétanise l'ensemble du corps.

Un moteur ronfla. Puis le silence à nouveau.

Rien ne venait. Je retournai auprès de ma sœur, désarçonné et toujours alarmé.

— Ils sont repartis ? demanda-t-elle aussitôt.

— Je n'entends plus rien.

— Alors c'est qu'ils ne viendront plus.

J'hésitai à entendre dans cette remarque une question soucieuse de mon assentiment ou la fermeté d'un constat.

— Peut-être en ont-ils laissé quelques-uns pour continuer la ronde, remarquai-je.

— Si la section a fait une erreur dans la liste, il se peut très bien que la même se soit glissée dans la leur, enchaîna ma sœur qui cherchait à se convaincre que le danger n'était plus à craindre.

Je crus entendre un bruit et lui pinçai l'épaule pour la faire taire. Le silence nous replongea dans l'incertitude.

– La milice est passée chez nous plusieurs fois, Hamjha. Elle sait pertinemment que quatre cadavres jonchent l'entrée. C'est incompréhensible. Elle a toutes les raisons de venir nous chercher et ne vient pourtant pas.

Ma sœur soupira, rendue à l'évidence :

– Allons-y et nous verrons bien s'il se trouve quelqu'un dans l'entrée.

Elle me saisit la main pour que je l'aide à se lever. Lentement nous traversâmes les deux pièces obscures de la cave et parvînmes dans le premier réduit faiblement éclairé par la fenêtre. Les cernes de ma sœur luisaient encore des larmes qu'elle avait versées.

Nous montâmes l'escalier. Vingt marches que l'appréhension faisait défiler plus vite que je ne l'aurais voulu.

Une fois parvenu au niveau de la porte qui ouvrait sur le hall, je m'arrêtai. Je sentis la salve imminente et restai paralysé. Hamjha m'adressa un geste timide dans le bas du dos. L'instant d'après, je m'introduisis d'un pas franc dans la grande pièce, la mine contrite, comme pour devancer l'étonnement de celui qui devait s'y trouver.

Personne.

Lâchant la main de ma sœur, j'allai dans la cuisine.

Toujours personne.

– Les portes des chambres sont fermées, annonça Hamjha. Celles du salon et du bureau également. Non, personne n'est venu.

Je la regardai sans sourciller. Je craignais qu'un milicien ne se cache ici dans l'espoir de nous surprendre.

Je réintégrai le hall d'entrée d'un pas lourd mais reculai presque aussitôt, la poitrine battante : les corps de nos parents avaient été enlevés.

Nous comprîmes réellement que nos parents étaient morts lorsque leurs cadavres eurent disparu. La puanteur ne veillerait plus à nos côtés, comme l'unique vestige d'une bienveillance perdue. Nous étions seuls. Seuls responsables devant ce qu'il adviendrait de nous. C'était à coup sûr nous infliger les affres auxquelles nous avions cru jusqu'alors échapper.

Les yeux secs, je remontai au premier étage dans l'idée qu'il ne fallait pas laisser notre poste de surveillance vacant. Hamjha frappa du pied sur le tapis pour tout sanglot d'injustice. Je me penchai sur la balustrade et lui ordonnai de cesser, la fenêtre entrouverte menaçant de laisser percer les bruits.

— Ils nous les ont pris, m'opposa-t-elle, nous ne les verrons plus !

Et elle redoublait de virulence contre le tapis déserté, comme rouant le souvenir des corps, les accusant, dans son désarroi, de nous avoir abandonnés.

Je lui demandai d'aller chercher quelques vivres dans l'espoir qu'elle se calmerait. Elle ne prêta tout d'abord pas attention à ma requête ; le chagrin qui soufflait à présent en abondance la rendait sourde.

Je me levai et me rendis moi-même à la cuisine. Il ne restait que deux boîtes de conserve.

Je pris Hamjha dans mes bras.

— Pleure, lui murmurai-je, pleure s'il le faut, mais en silence…

Je la menai sous la fenêtre du premier étage, m'assis à son côté et commençai à planter par à-coups mon couteau dans la première boîte. La cuisine était vide à présent ; je craignais fort que la cave ne le fût également.

Une fois que la boîte fut ouverte, je la tendis à ma sœur qui la refusa. Agenouillé, je saisis entre mes ongles noirs quelques légumes et jetai un regard par la fenêtre.

Peut-être n'aurions-nous plus aucun moyen de nous sustenter dans les jours à venir. J'évinçai d'emblée la possibilité de soudoyer un milicien. Ceux-ci s'étaient avérés inflexibles depuis le début des événements. Tenus à une stricte obéissance. On ne commettait pas d'excès dans cette partie de la ville ni n'exerçait de tortures (le pire en somme : la mort pure et simple…). De fait, il ne semblait pas plus envisageable qu'à l'inverse on pût les attendrir.

Pourquoi n'étaient-ils pas venus nous chercher ? Les miliciens, à l'instar des sections, ne se déplaçaient jamais que sous l'autorité d'un gradé, détenteur de la liste. L'un d'eux soupçonnait notre clandestinité, j'en étais maintenant convaincu.

J'imaginai un instant que la milice, humiliée, avait décidé de différer notre mort et de faire peser sur nous la terrible langueur de l'attente. Après tout, pourquoi devrait-elle demeurer aussi docile et crédule qu'elle l'avait été jusqu'à maintenant ? En admettant qu'il y ait eu une erreur dans la liste, jouerions-nous éternellement notre vie sur le hasard ?

— Odell, comment fais-tu pour ne pas pleurer ? me demanda Hamjha au terme d'un long silence.

Je lui adressai un regard indifférent à force de fatigue.

— J'aimerais en finir avant que le désarroi ne m'ait définitivement achevé, lui répondis-je enfin. Mourir avec la dignité que nos parents ont eue. Tu en es sans doute plus capable que moi.

— Moi ? Je n'aurai aucun courage. Je mourrai sans dignité. Je serai pleine d'horreur tant que je ne serai pas morte.

Silence confus.

Je repliai le canif qui m'avait servi à ouvrir la boîte et le glissai dans ma poche arrière.

— On dirait que tu ne veux pas comprendre, lança ma sœur. Regarde-toi : tu ne parles plus, tu ne réagis même plus et ne fais que guetter. Mais que crois-tu à la fin ? Que tu vas te réveiller et que tout sera terminé ?

– Oui, murmurai-je après une brève hésitation. C'est ça, j'attends que tout soit terminé. Je serais capable de me raccrocher à n'importe quoi, même si ça doit nous séparer. Je ne peux plus attendre avec cette peur au ventre.

Le jour tombait lentement, la chaleur n'en semblait pas moins oppressante. L'odeur putréfiée flottait par résidus parcimonieux ; j'avais réussi un moment à l'oublier.

Je n'avais pas osé regarder ma sœur durant ces brèves paroles. En silence, je relevai la tête pour la première fois. C'est alors que je vis le milicien en haut de l'escalier.

Il était âgé d'une trentaine d'années mais affichait un grade déjà élevé. Son visage ne m'était pas inconnu. Il avait sans doute fait partie de la section chargée d'emporter les cadavres. Il revenait savourer égoïstement sa trouvaille.

De la pointe de son arme, il nous fit signe de nous mettre debout. Spontanément, ma sœur leva les bras et s'engagea d'un pas hésitant dans l'escalier. Sa bonne volonté parut lui arracher un sourire. La satisfaction qu'il tirait de son pouvoir était répugnante. Je pris sa suite, non sans la même docilité ; les quelques forces qui me restaient ne m'évitaient pas la peur.

De quel droit se chargeait-il lui-même de l'exécution ? Je mesurai soudain l'absurde fierté de ce gradé.

Nous descendîmes lentement le grand escalier de marbre, Hamjha tête basse, moi fixant le tapis qui recueillerait dans un instant sans doute nos ventres rompus.

Le milicien baissa son arme et, sans quitter des yeux ma sœur, posa le sac qu'il portait sur le dos, lui intimant l'ordre de l'ouvrir.

Alors, profitant de ce bref sursis, je saisis mon couteau et le plantai dans la nuque du milicien. Hamjha ne put contenir un gémissement d'horreur. Paralysé par la douleur, il s'affaissa. Je tournai plusieurs fois la lame dans la plaie, espérant atteindre le cervelet.

Il cessa de se débattre.

Il était mort.

– Qu'as-tu fait ? répétait ma sœur. Ils nous tortureront pour ce que tu as fait !

Je tombai à genoux à côté du cadavre.

Aurais-je le courage de mourir sagement ?

Dans un geste vain, j'ouvris le sac.

Il était rempli de vivres.

Je traînai le cadavre avec difficulté jusqu'à la cave et le dissimulai derrière la chaudière.

Là, je fouillai ses poches et trouvai un portefeuille contenant quelques billets de banque et une liste. J'utilisai mon briquet pour lire ce qui y était inscrit. Les noms figuraient par quartier. Je cherchai les nôtres : Pentchka Fosske (Mhotja. Hamjha. Odell).

Je ne m'attardai pas et remontai au côté de ma sœur, munie de la liste. Elle détaillait le contenu du sac :

– Des conserves, du pain et des fruits. Tout ce qui demeure introuvable en ce moment...

Hamjha me paraissait s'être résolue au meurtre du gradé. Je me trompais.

– Cet homme voulait nous aider.

– Je ne pouvais pas savoir, répondis-je d'un ton sec.

– Et qu'arrivera-t-il lorsqu'ils s'apercevront qu'un des leurs manque à l'appel ?

– Ils n'ont aucune raison de venir le chercher ici, tonnai-je. Il a trahi les siens et n'aura donc parlé de nous à personne.

– Et si quelqu'un l'a vu entrer dans la maison et n'en pas ressortir ? interrogea Hamjha d'une voix appuyée.

– J'ose espérer qu'il est entré par la porte de la cuisine. De là, personne n'aura pu le voir.

– La porte de la cuisine ?

Je devançai son étonnement avec véhémence :

– Ne comprends-tu pas que c'est une chance pour nous d'en réchapper ? La milice n'a plus aucune raison de venir ici puisque les cadavres ont été officiellement enlevés. Quant à ceux qui ont mené l'opération, ils s'en seront débarrassés sans savoir qu'il devait y en avoir quatre. Pourquoi auraient-ils eux aussi accès à la liste ?

– Pourquoi pas.

L'évidence m'était apparue au moment de formuler ma remarque.

Le bureau de mon père était resté en l'état depuis sa mort. J'entrai, pris de vertige, comme si la vue des murs froids m'eût été plus insupportable que celle de son corps inanimé.

On dit que les disparus ne cessent jamais de nous accompagner. Mais rien, je ne sentais rien de sa présence ici. Mon père m'avait été bel et bien arraché. Je restais sans plus d'images de lui que son effroi au moment de la fusillade. Son souvenir rajeunirait-il bientôt ? Son bras familier tauderait-il mes pensées avant que le courage de penser à lui ne me manque ?

Je me penchai au-dessus du bureau et observai son écriture sur les feuillets en désordre. Sa silhouette qui avait creusé le fauteuil où il travaillait chaque jour.

Je pensai un moment chercher l'un de ses livres dans les rayons de la bibliothèque (sa photo y figurerait sans doute) mais me ravisai en chemin.

À côté du téléphone, j'aperçus une feuille pliée, au dos de laquelle perçait le relief d'une écriture. Je m'en emparai, la poitrine inexplicablement battante, et découvris la signature de Juhazni. En quelques lignes hâtives, ce dernier suggérait à mon père la fuite, lui assurant qu'il en était encore temps. La missive datait du 15 mai. Elle avait été froissée (par mon père ?), comme pour être jetée.

À ma stupeur succéda la colère : ainsi donc, mon père avait rejeté la proposition de Juhazni, allant jusqu'à nous en taire l'existence… Longtemps, mon père s'était montré incapable de croire à la guerre, incapable d'imaginer au fond que l'histoire puisse radoter de la sorte. Il avait sans doute fallu qu'il voie la crosse des miliciens pour se rendre à l'évidence. Avait-il hésité ? Avait-il relu ce mot pour qu'il soit resté sur le bureau, ou un autre membre de la famille en avait-il pris connaissance depuis ? Oui, ma sœur. Mais je l'ignorais encore.

Je lâchai la feuille, regrettant d'avoir passé le seuil de cette porte.

Du bureau, j'entendis Hamjha m'appeler car c'était à mon tour de guetter. Je montai et me postai à droite de la fenêtre du premier étage.

– Que faisais-tu dans le bureau de papa ? me demanda-t-elle.

Elle avait compris.

Je ne répondis pas. C'est toi que nous accusions en silence, papa.

J'eus une pensée pour Juhazni. Où était-il à présent ?

Je soupirai et m'approchai de Hamjha. Je commençai à lui caresser le visage et m'attardai un instant sur ses lèvres.

– Arrête ça, Odell.

Elle me repoussa lentement et m'adressa un regard farouche, comme ne me reconnaissant plus. Je revins à mon poste de guet.

C'est à ce moment précis que j'aperçus dans la rue un milicien qui s'entretenait avec Tökson.

Dans un mouvement précipité, je véri-
fiai l'orientation du soleil et entrebâillai
l'un des pans du rideau. Il eût été trop
dangereux d'ouvrir la fenêtre, j'accolai
donc mon visage à la vitre dans l'espoir
qu'il me verrait.

— Tu es fou ! gronda ma sœur, me tirant
vers elle pour me faire basculer à terre.

Au bout de quelques instants, elle par-
vint à me faire perdre l'équilibre. Elle
remit elle-même le rideau en place, mau-
gréant que j'aurais bientôt notre mort à
tous deux sur la conscience. Ses mains
tremblaient légèrement.

Je n'avais certes pas prêté attention aux
miliciens postés dans la rue. Mais là se bor-
nait la conscience de mon imprudence.
Une certitude toutefois entamait mon
désarroi : le regard que Tökson avait lancé
vers la maison ne trompait pas.

Une fois que mon père eut quitté la maison, escorté par les trois miliciens, nous restâmes interdits dans la salle à manger.

Ma mère plia sa serviette, la déposa à côté de son assiette et, croisant les mains pour en calmer l'imperceptible tremblement, nous observa tour à tour. Ma sœur me renvoya ce regard dans un mutisme inquiet.

Soupirs saccadés de ma mère. Ceux qui précèdent les larmes. Hamjha prit la parole. C'est à moi qu'elle s'adressait :

— Il ne reviendra pas.

— Tais-toi, Hamjha. Et ne me regarde pas comme ça, maman. Si notre nom figurait sur la liste, ils ne l'auraient pas emmené à l'hôtel de ville pour l'interroger. La milice ne perd pas de temps dans ces cas-là. Il sera de retour dans une heure ou deux.

Ma mère se pencha au-dessus de la table et se passa la main sur le front.

— Le gradé n'a-t-il pas prononcé le nom de Tökson ? demanda-t-elle.

Je me rappelais seulement que le milicien avait brandi une feuille griffonnée en toute hâte. Sans doute l'ordre de convocation. Mon père s'était levé lentement. Il avait jeté vers nous un bref regard qui se voulait rassurant. Le gradé lui avait cédé le passage, suivi des deux autres soldats.

— Que dira votre père si on lui demande des informations à propos des Tökson ? soupira ma mère.

— Ce qu'il a à dire, retorquai-je vivement, à savoir qu'ils n'ont rien à craindre de cette lavette qui les craint lui-même bien assez comme ça !

— Odell, je ne veux pas que tu parles des Tökson ainsi. Tous les imbéciles ne sont heureusement pas des salauds.

Ma mère sourit, surprise elle-même par sa remarque. J'aurais voulu m'excuser. L'anxiété me fut un bâillon.

60

Je proposai en désespoir de cause d'aller nous asseoir au salon. On ne me répondit pas.

Je me tournai vers ma mère :

— Quelles sont ces rumeurs dont m'a parlé papa à propos de Juhazni ?

Ma mère marqua un silence, étonnée d'apprendre que mon père y avait fait allusion devant moi.

— Il sera bientôt en sûreté, esquiva-t-elle.

— Que lui reproche-t-on exactement ?

Elle fixa ma sœur, comme pour enrayer ma curiosité.

— On a vite fait de s'inventer des coupables, Odell.

Je fronçai les sourcils et repris :

— S'il est soupçonné de collaboration, c'est qu'il doit être bien vu de la milice. Alors pourquoi voudrait-il fuir ? Lui au moins aurait la vie facile…

Ma mère ne répondit pas. Son silence fut brusquement interrompu par les sanglots de ma sœur :

— Je ne parviens pas à croire que le sort va se retourner contre nous. Dans ce cas-là, je préfère mourir avec papa.

Ce fut l'ultime moment où nous sentîmes les choses basculer.

Nous ne savions pas que nos parents mour- raient sans nous et que le pire, au fond, nous était réservé. Car le vrai crime ne fut-il pas de nous laisser maladroitement en vie ? Nous laisser, de longues nuits durant, imaginer une mort certaine.

Ce soir-là, on interrogea mon père à propos de Gaone Tökson. Des traces de son passage au comité des Affaires sociales avaient réveillé la paranoïa de l'état-major.

On fit savoir à mon père que les organes décentralisés de notre pays (à présent bien implantés) étaient l'objet de toutes les atten- tions. Quelques hauts fonctionnaires avaient été évincés, exécutés dans certains cas.

Mon père sut lire entre les lignes. Il assura à l'état-major que Tökson avait quitté le comité en temps et en heure, déplorant les orientations politiques dudit organisme.

Rentrant tard dans la nuit, mon père relata précisément l'entretien, ajoutant que nul grief ne lui avait été directement adressé pour avoir renouvelé, quelques mois auparavant (la guerre était imminente), sa candidature au comité.

Nous montâmes nous coucher et ne dormîmes pas.

La fusillade eut lieu à onze heures, le lendemain matin.

Le froissement du rideau m'éveilla à deux ou trois reprises, me laissant presque immédiatement replonger dans l'obscurité fiévreuse du hall.

Dans les derniers moments que j'avais passés à guetter, ma vue avait décru progressivement ; la voûte profonde de la nuit m'avait soudain paru grignoter la rue, diffuse et liquide, jusqu'à la faire disparaître tout à fait.

L'extrême fatigue avait en quelque sorte apaisé mon état d'alarme, jusqu'à le rendre vain. Mon regard pesait tant que je m'endormis malgré le danger encouru à laisser la maison sans surveillance.

Je sortis brutalement de ma torpeur. Mon premier réflexe fut de regarder dans la rue, comme l'enfant qui a manqué un instant à son devoir singe soudain avec empressement une concentration profonde.

Je me penchai sur la balustrade. Hamjha était agenouillée sur le tapis. Elle composait un numéro de téléphone.

Déconcerté, je descendis l'escalier de quelques marches.

Comme si je l'eusse surprise, elle me fit signe de remonter guetter. Négligeant ses gestes véhéments, je m'accroupis près d'elle et m'emparai de l'écouteur.

On décrocha à la deuxième sonnerie.

– Pourrais-je parler à Juhazni Löskha, s'il vous plaît ?

– C'est moi…

Un silence d'appréhension. Ma sœur reprit :

– C'est Hamjha.

Juhazni ne sut que répondre.

– J'ai trouvé votre numéro dans l'agenda de mon père, ajouta ma sœur.

– Où sont vos parents ?

– Ils sont morts.

Hamjha relata la fusillade d'un ton empressé. Juhazni scandait le triste monologue de ma sœur d'une voix assurée, la questionnant quant aux pratiques de la milice dans notre quartier.

– Voulez-vous dire que vous vous cachez depuis leur mort et que la milice ne s'est aperçue de rien ?

– C'est probablement le gradé qui nous a sauvés.

– Où est le cadavre ?

– Odell l'a descendu à la cave.

– Avez-vous cherché la liste ?

Hamjha m'interrogea du regard. J'opinai.

– Veuillez la parcourir rapidement et me dire si Halmion Khalassi y figure.

Je saisis immédiatement le papier dans ma poche et, de mon index, pointai le nom.

– Il figure en fin de page, rajouté à la main…

– Quel miracle que le téléphone soit rétabli. Nous commencions à désespérer.

– Qui est cet homme ? demanda ma sœur.

Juhazni reprit sans prêter attention :

– Dis à ton frère de déshabiller le mort dès maintenant. Qu'il se revête de l'uniforme. À vingt-trois heures, une fourgonnette s'arrêtera devant chez vous. Vous sortirez tous deux de la maison, lui te tenant par le bras. Là, nous vous ferons monter. Vingt-trois heures précises. La milice a beau tourner la nuit par équipes réduites, vous comprenez qu'il nous faudra faire très vite.

– Où irons-nous ? interrogea Hamjha qui n'osait trop accréditer le formidable espoir qu'on lui suggérait.

– Soyez patients et courageux. Au revoir, Hamjha.

Juhazni avait raccroché. Je remontai à mon poste de guet et fis signe à ma sœur de me suivre.

Bien que n'ayant pas accès à la liste, Juhazni ne s'était pas soucié de savoir si son nom y figurait.

– J'ai eu beaucoup de mal à reconnaître sa voix, fis-je remarquer.

Ma sœur leva les yeux vers moi, agacée :

– Fais ce qu'il a dit. Descends chercher l'uniforme.

Hamjha prit ma place près de la fenêtre. Je perçus soudain dans son regard le triste masque du dépit qu'elle s'efforçait de dissimuler vaille que vaille.

Au fond, ma sœur aura toujours fait montre de patience et de mesure parce qu'elle savait lequel de nous deux était le plus fort : elle savait que ma détermination ne demandait qu'à céder, brutalement, qu'il en fallait donc ménager l'imprévisibilité. C'est peut-être ça le courage.

Je sus dès lors qu'elle détournait son regard pour ne pas trahir la démission qui ne l'avait pas quittée. Je sus qu'elle ne croyait pas elle-même à la perspective de notre fuite.

N'ayant réussi à déshabiller le gradé dans l'obscurité de la cave, je le traînai dans la première pièce.

Je commençai par dénouer les longs lacets qui venaient enserrer le cuir jusqu'aux chevilles et ôtai ses chaussures. Il me parut d'emblée qu'elles seraient trop grandes pour moi. Son pantalon forçait lui aussi la peau au-dessus du mollet par un élastique cousu dans le revers. Je le déboutonnai et dégageai les jambes inertes et glacées. Elles cognèrent sur le sol, d'un bruit sec, presque creux. C'était le bruit des os qui retournaient à leur mutisme contre le béton poussiéreux de la cave. Je m'efforçais de ne pas regarder son visage, comme pour me donner l'illusion que je dépouillais toute autre chose qu'un homme mort. Un homme que j'avais tué.

Une fois la veste en boule, je déboutonnai les manches, puis le buste. Il me fallut alors asseoir le corps pour retirer la chemise. L'odeur aigre de ses aisselles m'agressa. Je relâchai l'homme immédiatement, qui s'affaissa dans un mouvement raide. Les bras accolés aux hanches, il avait le menton rentré. L'expression de son visage m'effraya.

Je me relevai précipitamment et saisis ses bras nus pour le traîner de nouveau dans la pièce du fond.

– Dois-je m'habiller maintenant ?

Ma sœur opina. J'ôtai mes chaussures, mon pantalon sous le regard anxieux de Hamjha.

– Tout cela sera-t-il à ta taille ? interrogea-t-elle.

Je gardai mon tee-shirt pour ne pas être en contact direct avec les vêtements du mort.

J'émis quelques réticences avant d'enfiler le pantalon. Je sentis le tissu rêche frotter sur mes jambes, retrousser chacun de mes poils d'un voile glacé, étranger.

Je boutonnai la ceinture. La toile grise me pressait le cul. J'eus brusquement envie de chier, de m'arracher à la grisaille de cet uniforme.

Je soupirai et m'en remis au regard approbateur de ma sœur. Mais elle resta mutique.

Je m'agenouillai. Les chaussures puaient. Je les écartai d'un geste et glissai le long du mur.

L'odeur des cadavres me revenait par effluves.

La nuit était tombée à présent, et avec elle la véritable conscience de notre isolement. C'est la nuit que les choses existent réellement, même dans l'air âcre et confiné de notre captivité, comme s'il n'y avait plus nulle part où aller pour s'en divertir. L'atroce poids des choses tombe avec le ciel et souille nos dernières forces.

La cruauté de cette nouvelle attente s'ouvrait à nous. Béante comme l'espoir et l'incertitude qui l'accompagnent immanquablement. Car cette fois, nous avions fait un choix, nous sortions de la clandestinité pour affronter la mort de face. Il arriverait donc quelque chose.

Je ne voulais pas être seul à attendre. Je me sentais incapable d'admettre que c'est face à la menace qu'on est le plus seul, le plus coupé soi-même de la peur des autres, avec sur les épaules le suaire de sa peur à soi. Impossible de partager ça.

J'aurais pourtant voulu savoir ma sœur un peu moins loin de moi.

Je regardai les chaussures du gradé et me tournai vers elle.

– Les morts sentent tous la même chose. Nous puerons bientôt autant qu'eux.

Hamjha ne répondit pas.

La mémoire reprenait corps. Les images affleuraient, disposées à être indéfiniment ressassées.

Hamjha évoqua brièvement la fusillade. Elle m'assura n'en avoir finalement rien vu. Elle ne se souvenait que du claquement sec et brutal de la première détonation, maman transpercée par la décharge, son corps arc-bouté et projeté en arrière par la balle. Elle avait voulu faire comme elle, elle était tombée à ses côtés.

La voix de ma sœur laissait deviner toutes les certitudes de l'horreur, le regard absent, sans regard aucun, juste l'automatisme de mots blêmes, enchaînés en boucle. Et sans doute que le pire était advenu, le pire était là, escamotant, déjouant l'effroi à venir. Sa mort à elle serait moins terrible qu'elle ne l'aurait été sans tout cela avant. C'était le premier pas résigné de Hamjha. Une fois de plus, je me sentis atrocement seul de n'avoir pu le franchir moi aussi.

Nous n'avions pas reparlé de la fusillade jusqu'alors. Seule la voix de Juhazni avait pu libérer cet essaim d'angoisse, une voix étrangère sur laquelle nous nous étions reposés. En reparler, c'eût été comme nous y enfermer un peu plus. Cloîtrés dans la même cellule, il nous fallait un témoin pour évoquer le drame, un regard profane pour dénoncer l'horreur qui s'était curieusement affadie sur notre visage, comme définitivement incrustée sous la peau. L'horreur qui avait fini par jeter ses méandres partout. Ça devait éclater sur nos traits. C'était en nous cette fois, un morceau de nous, donc presque normal. Ça avait pris place.

Ma sœur me jaugea, vêtu de cet uniforme nauséabond ; elle eut un rire jaune :

– On pourrait s'y tromper…

L'uniforme, ça sied bien aux lâches. C'est peut-être ce qu'elle voulait dire. Hamjha ne m'en aurait pas voulu de ma lâcheté ; en revanche, je la sentais partagée devant mon incapacité à reconnaître ma peur, cette comédie de dignité que je me jouais, pour survivre, comme un homme... L'homme, c'est celui qui crie bien fort pour qu'on ne le soupçonne pas d'être proche de la ruine. C'est encore une manière de se tenir debout. Ma sœur était franche avec sa peur, se laissant abattre par moments pour revenir plus forte l'instant d'après.

Il était vingt-deux heures quarante-cinq et je savais que son courage à elle irait bien au-delà, ce faisant qu'elle doutait de moi, à raison. Parce que, au fond, ce n'est pas normal d'avoir les yeux secs. On croit être inattaquable mais ça creuse en dedans d'avoir les yeux secs.

La peur revint à l'approche de l'heure fatidique, m'évitant l'évanouissement.

On ne voyait pas distinctement les miliciens dans la rue. Les réverbères, plantés comme eux à intervalles réguliers, n'éclairaient guère qu'un rond de trottoir assez mince, laissant dans la pénombre la distance qui les séparait. De l'autre côté de la rue, là où s'amoncelaient les ruines, la lumière ne trouvait plus à se réfugier auprès des grands murs. Un espace obscur, infini, s'élançait au loin, chevauchant les restes de pierre, les jardins dévastés, pour venir mourir au contact des lueurs incertaines du centre-ville.

À bien y réfléchir, cette fuite eût dû me paraître invraisemblable. Espérer sortir de la ville sains et saufs, passer tous les barrages qu'avaient disposés les différentes factions… Il fallait que Juhazni et les siens se soient procuré des uniformes. Porteraient-ils les vêtements d'hommes morts comme j'y étais contraint ?

Devoir garder cet habit, c'était comme me punir de mon acte. Une détention qui me forçait à mesurer la gravité de mon geste. Que l'heure arrive, car je n'en pouvais plus de sentir la présence du gradé, nu contre la taule refroidie de la chaudière. Et la fuite légitimerait mon crime.

Le véhicule ralentit à hauteur de notre maison et s'arrêta devant la grille. Nous descendîmes rapidement. J'entendis le bruit des portes arrière qui s'ouvraient. Je jetai un regard furtif dans la rue. Juhazni avait un pied dehors. Il nous fit signe de venir dans un geste autoritaire.

J'ouvris la porte plus franchement. Alors que j'ébauchais un pas sur le perron, je crus apercevoir une ombre dans la rue qui venait par la gauche. Je tournai la tête : deux réverbères et leur halo de lumière… Des bruits de bottes que je pensai d'abord m'être inventés. Hamjha m'intima l'ordre de sortir. Mon regard allait et venait, partagé entre la silhouette pressante de Juhazni et l'ombre énigmatique que je manquais chaque fois, arrivant à elle au moment où elle semblait disparaître dans l'obscurité qui séparait les réverbères.

Je m'efforçais brutalement de conclure à une hallucination que m'inspirait la peur, mais l'ombre menaçante revenait dans une sorte d'angle mort sitôt que je tournais la tête en direction de la camionnette.

Juhazni nous appela de nouveau dans un souffle éraillé tandis que Hamjha me poussait, accompagnant ses poings fermes de paroles d'incompréhension.

— Tu n'as rien entendu, toi ? lui demandai-je, pris de panique.

— Sors, puisque Juhazni nous fait signe ! À force d'hésiter, nous allons bel et bien nous faire repérer !

La stature assurée de deux miliciens entra alors en pleine lumière. Ils s'arrêtèrent devant le véhicule.

— C'est fichu ! soufflai-je à ma sœur en refermant la porte.

— Laisse la porte entrouverte, Odell ! Ils seront bientôt partis.

Je ne vis plus rien dans l'embrasure sinon les branchages désordonnés du jardin qui venaient assombrir la lumière des phares derrière le muret.

Enfin, j'aperçus les miliciens entre deux arbustes. Ils vinrent s'entretenir avec le chauffeur. Les deux portes arrière étaient refermées. Juhazni avait disparu.

Nous comprîmes que le pire était à craindre lorsque les voix, jusqu'alors voilées, se firent plus tranchantes.

Hamjha me repoussa vers l'arrière, referma la porte et, m'entraînant avec elle, gravit l'escalier en courant.

De la fenêtre du premier étage, nous vîmes le chauffeur descendre de la camionnette. Les miliciens braquaient sur lui leurs armes. Levant les bras, il se dirigea vers l'arrière du véhicule. Il avait le visage bas.

Je me retournai aussitôt contre le mur et glissai sur le parquet, les yeux obscurcis par la nuit.

Il y eut plusieurs rafales de mitraillette. Nul cri. Des décharges qui s'enchaînaient comme des aboiements.

– Les ont-ils tous tués ? hurlai-je à ma sœur collée à la fenêtre. Qu'ils en finissent !

Le silence bourdonnait. Je ne cherchais plus à savoir à quoi correspondait exactement ce grondement diffus. L'écho des mitraillettes perdurait dans ma tête, infernal. Je me bouchai les oreilles.

Hamjha agrippa l'une de mes mains : une troupe de renfort arrivait.

J'ignore combien ils furent à être tués. Autant qui avaient espéré pouvoir fuir, autant que mes hésitations avaient condamnés.

Ma sœur pleura longtemps, ne m'adressant nul mot. Je demeurai interdit moi aussi, prostré devant ma responsabilité.

L'instant d'après, j'entendis le ronflement du moteur qui s'éloignait. Je me contentai de suivre les sanglots de ma sœur. Je ne pouvais pas être responsable de ces morts. La peur qui m'avait paralysé ne pouvait pas avoir tué. Qui, à ma place, eût couru au-dehors voyant les miliciens approcher ? Un héros sans doute.

J'étais à présent assis à même le plancher, le regard bloqué entre mes genoux. Tout était perdu.

Je sentis soudain la main de ma sœur pincer mon avant-bras. Cette fois, ses sanglots se changèrent en spasmes d'effroi. Juhazni se tenait en haut des marches, la mine aussi coupable que la mienne.

Il avait ôté la veste de son uniforme. De ma position à droite de la fenêtre, je percevais l'odeur de sa transpiration. Son front, couvert de sueur, ruisselait, dessinant à la lisière de ses cheveux de fines mèches humides.

Assis en haut des marches, il pesait chacun de ses mots :

— Sitôt que je vous ai vus hésiter, j'ai su que c'était peine perdue. Le risque de croiser la milice, nous l'avions pris en connaissance de cause. Il n'était pourtant pas prévu que je referme les portes derrière moi et m'enfuie…

Juhazni butait sur certains mots, mêlant les à-coups discrets de son accent à l'ahurissement que lui inspirait sa lâcheté (autant dire la mienne). Sa voix s'en trouvait presque adoucie, bien en dessous de l'inflexion qu'on eût attendue en pareille situation. Elle me rassura tout d'abord. Juhazni ne semblait pas tout à fait résolu à la mort. Je me sentis moins seul, comme s'il était en charge de relayer nos parents disparus.

Ce maigre apaisement me donna l'occasion de retirer les vêtements du gradé. Lentement, j'ôtai les chaussures, la veste et le pantalon. Une sensation de fraîcheur, presque imperceptible, m'inspira un soupir de satisfaction. Je demeurai ainsi, abandonné à l'obscurité, la chair libérée de ses boursouflures de chaleur. Je commençais à puer moi aussi, mais ne m'en souciais plus.

— Reste-t-il des gens de votre réseau, ici ? interrogea ma sœur.

— Certains sont condamnés à assurer le rôle de correspondants. Ils s'y sont engagés tant que leur nom ne figure pas sur la liste.

J'aperçus l'ombre de Juhazni penchée vers moi.

Je me tournai vers lui en brandissant le papier que j'avais recueilli dans la veste du gradé :

— Votre nom y est inscrit. Vous le saviez, n'est-ce pas ? Qui veut encore de vous au fond ? Pas le Pouvoir, que vous semblez embarrasser… Pas plus que la Résistance qui vous soupçonne de faire le jeu de l'Ennemi…

Juhazni ne répondait pas.

— D'où viennent ces rumeurs ? insistai-je sans ménagement.

— C'est le réseau qui les a fait courir pour détourner l'attention de l'état-major.

Il se tut et reprit lentement, revenant aux sources de son désarroi :

— Celui qui est de votre côté et celui sur qui on peut compter, voilà qui est très différent. Se doutaient-ils seulement que je les abandonnerais en pleine opération…

— Vous êtes comme tout le monde, en définitive, m'efforçai-je de rire.

Juhazni se pencha vers moi et prononça d'une voix menaçante :

— Me regardes-tu en traître ?

Je restai muet, oppressé par ce regard qui perçait l'obscurité.

– Certes, il s'en faut de peu pour que l'on passe de l'autre côté de la barrière, continua-t-il. Le plus grand courage, le plus courant, est celui de sa propre survie…

Ma sœur rétorqua de façon véhémente :

– Les traîtres agissent toujours en connaissance de cause, du début jusqu'à la fin. Vous n'êtes pas de ceux-là.

– Je ne suis ni des traîtres, ni des braves… J'ai organisé cette opération parce que moi aussi je voulais sauver ma peau. Nous avons été plusieurs individus comme tout le monde à joindre nos efforts pour sauver notre peau. Voilà tout.

Je n'osai faire remarquer à Juhazni le réconfort que m'était sa présence. Je percevais pourtant le remords qu'il taisait à demi-mot : il avait survécu, rendu au sol, comme n'importe qui et non plus comme l'agent d'un réseau. Toutefois, je ne pensai pas un seul instant aux vies qui avaient été troquées contre sa bienveillance à nos côtés. Brave ou traître, ennemi repenti ou vaincu soumis, que m'importait.

La lumière diffuse des réverbères déposait des taches parcimonieuses sur les murs du grand hall. Les genoux repliés entre mes coudes, les poils humides, je fixais l'irréalité de cette demi-obscurité.

— Et lui, savait-il ce qu'il faisait en s'engageant ? lança Juhazni en fixant le sac du gradé dont les vivres jonchaient le sol.

— Me reprocherez-vous de l'avoir tué ? rétorquai-je sèchement.

— Non.

— Eh bien, n'en parlons plus, conclus-je. De toute façon, je ne regrette pas mon geste.

Je me tournai vers Juhazni. Ma sœur s'était endormie contre lui. Je laissai courir un silence puis repris doucement :

— Vous ne me demandez pas ce que ça fait de tuer un homme ?

Juhazni baissa les yeux sur la respiration agitée de ma sœur.

– Soyez sans crainte : vous ne m'entendrez pas m'en accuser. Nous sommes en guerre, autant que je sache. Qu'on reçoive l'ordre de tuer ou que l'on tente de survivre, la mort que nous donnons tous n'est guère plus qu'une formalité que nous sommes tenus de remplir. Personne ici n'est coupable, comme vous semblez le dire. Mais tuer un homme, ce n'est pas qu'être coupable. C'est en être capable. Vous ne me demandez pas ce que ça fait d'en être capable ?

Juhazni lança d'une voix autoritaire :

– À quoi sert de ressasser tout ça, Odell ? Il sera toujours temps de l'oublier lorsque nous serons en lieu sûr.

J'émis un rire contrit :

– Parce que vous y croyez encore, vous ? Juhazni, je ne sortirai pas de la guerre traumatisé par mon acte tout simplement parce que je ne lui survivrai pas. Nous ne connaîtrons pas la fin de la guerre.

– Alors que fais-tu encore ici ? grondat-il.

— Je me cache, j'ai peur, je cherche comment je vais bien pouvoir m'y prendre pour mourir, j'attends le moment où j'y serai le plus résolu puisqu'il le faut.

Ma sœur tremblait. Juhazni posa la main sur son front. Hamjha avait de la fièvre.

— Comprenez-vous enfin pourquoi je m'entête à vous parler de cet homme que j'ai tué ? repris-je, véhément. Parce que je ne le regrette même pas ! C'était sans doute la plus belle occasion qui m'ait été donnée de désirer la mort et j'ai manqué cette occasion. Je peux encore me regarder en face. Ce mort, je n'ai pas le droit de l'avoir sur la conscience. La guerre ne nous laisse aucune chance de lui échapper : on a beau tuer un homme, on a encore envie de vivre, on a encore la force de vivre après ça, on n'a plus que la force de vivre, et on n'en finira pas tant que la guerre n'aura pas décidé elle-même d'en finir avec nous ! La démission, c'est tout juste bon pour les temps de paix. Une fois qu'on est certain de mourir, on ne peut plus démissionner. Il se trouve toutefois que je ne supporte plus notre clandestinité, je veux que ça cesse, et je ferai tout pour que ça cesse, à n'importe quel prix. Je veux me trouver une bonne raison de mourir, moi ! Je ne partirai pas en toute innocence ! Vous vous trompez, Juhazni : quand vient l'urgence de lutter, il n'est jamais hasardeux qu'on soit de ce côté de la barrière ou de l'autre : il y a ceux qui veulent vivre et s'aplatissent, et il y a ceux qui n'y croient plus et se jettent sous le feu des mitraillettes… Je ne parle pas des héros. Non, je serai de ceux-là : ceux qui iront tôt ou tard à la mort. De leur plein gré.

La fièvre de Hamjha devenait alarmante. Elle pinçait de temps à autre le bras de Juhazni, calfeutrée comme dans l'obscurité d'un abri. Les tremblements fugitifs dus à sa température lui agitaient la tête dans un hochement saccadé. On eût dit le sursaut raide et bref qu'ont les agonisants avant de mourir. Sursaut qu'un courant mystérieux aurait fait se répéter pendant quelques secondes.

Je regrettai brusquement que Juhazni fût en notre compagnie. Une sourde colère s'éveillait en moi, mue par une nécessité que je ne parvins pas tout d'abord à m'expliquer.

La pénombre dissimulait les caresses qu'il épandait sur les cheveux de ma sœur. Je les écoutais bruire, regrettant confusément qu'elle se sentît apaisée en d'autres bras que les miens. Que ne m'avait-elle demandé avant cela le réconfort de mes mains ?

Soudain, c'était comme si mon isolement débilitait la présence salutaire de Juhazni, le reléguant à la vanité de notre attente. Quelques instants auparavant, j'aurais voulu le serrer dans mes bras, le remercier d'être là, au-dessus de nous. L'allant de ma reconnaissance s'était toutefois renversé. À présent qu'il prodiguait toute son attention à ma sœur, il m'eût paru plus juste qu'il ne fût pas là.

Je sus dès lors (du creuset de mon isolement où l'irrémédiable m'apparaissait enfin) que mes dernières forces seraient dépensées à tenter d'accepter cette mort, sachant toutefois qu'une mort toute crue ne se peut accepter. De là venaient mes brusques efforts de dignité, cette fatigue infiniment continuée, affolée, désordonnée, sans visage : le refus de nous avouer vaincus et promis à la mort.

D'un autre côté, ce n'était certainement pas mon crime qui me donnerait le courage de mourir. D'avoir tué un homme ne m'arrachait pas au monde. Cette culpabilité-là était indolente, désinvolte de légèreté au regard de ce qui nous attendait : cette force impossible qu'il nous faudrait trouver dans les heures à venir.

Un instant, j'imaginai le plus sûr moyen de précipiter les choses. Il aurait fallu pour cela enrayer mon existence d'une chose très lourde, grave, que je regretterais suffisamment pour que la milice, en m'exécutant, ne fasse que me rendre le suicide plus facile. N'ayant le courage (ou l'occasion) de mourir en héros, ni celui de mourir tout court, il fallait mourir en sagouin, commettre un acte irréparable, insupportable, qui ne me rendrait peut-être pas la mort agréable mais du moins la vie impossible. Comme de tuer Juhazni…

Il faut une justice à chaque mort. Accepter de mourir, c'est mourir pour quelque chose, fût-ce le pire. Pas question de lutter contre la milice, ce serait finir en vaincu. Tuer Juhazni. Et ne pas se relever d'un tel acte. Prier la milice qu'elle m'ôte de la terre qui aurait abrité mon geste…

Comment n'avais-je pas imaginé avant cela qu'on meurt sitôt qu'on ne peut plus se regarder en face ?

Juhazni me demanda pourquoi nous n'avions pas fui.

— C'est mon père qu'il aurait fallu interroger, soupirai-je. Ses propres parents ont été tués lors de la dernière guerre, alors il s'est dit que la foudre ne tomberait pas deux fois au même endroit. Toujours la même histoire ennuyeuse…

— J'avais pourtant écrit à ton père, me fit remarquer Juhazni.

— Cessons d'en parler. Mon père n'est pas plus responsable que nous.

Mon ton sonnait faux, évidemment.

— En fin de compte, j'ai peut-être une bonne raison de mourir, ajoutai-je. Si jamais je m'en sors vivant, je supporterai très bien d'avoir un mort sur la conscience ;

en revanche, je ne supporterai pas d'avoir vu tout ce que j'ai vu.

– Tu abandonnerais ta sœur ?

– Ma sœur est beaucoup plus forte que vous ne l'imaginez. C'est grâce à elle que je ne suis pas devenu insupportable.

– Ne te débarrasse pas de sa peur comme ça…

Juhazni baissa les yeux vers elle. Démenti à ma remarque pour le moins frappant : la fièvre consumait Hamjha. Il devenait très urgent de lui administrer des médicaments. Je me penchai au-dessus d'elle, embrassai son front et me levai.

– Oui, les gens ne sont jamais qui l'on croit dans cette foutue guerre…

Je me dirigeai vers la salle de bains de mes parents. Il ne restait que quelques calmants. Rien qui puisse réellement faire tomber sa fièvre.

De retour dans le couloir, je m'age-nouillai auprès d'elle et lui demandai d'avaler les cachets avec un peu d'eau.

– Il est quatre heures. Je sais où trouver les officiers du réseau. Veille ta sœur, je reviendrai avant le jour avec des médicaments. On ne peut pas la laisser dans cet état.

Il adossa Hamjha contre le mur et enfila sa veste.

— Vous ne parviendrez jamais jusqu'au centre-ville, opposai-je haut et fort. Allez donc chez Tökson. Pourquoi vous entêtez-vous à ne pas vouloir traverser la rue ?

Je me rhabillai précipitamment.

Juhazni prit son temps avant de reprendre :

— Odell, je n'irai pas chez Tökson. Sache une bonne fois pour toutes que Tökson ne peut rien pour nous.

Je le fixai avec sévérité, l'accusant de gâter mes espoirs. Il fit un pas vers moi et posa ses deux mains sur mes épaules.

— Tökson est surveillé, crois-moi. Il est sans doute plus menacé que nous. Comprends-tu à présent ?

Je me tournai discrètement vers Hamjha. Ses yeux fermés ne me trahiraient pas.

— Il est important que Tökson vous croie morts, ajouta Juhazni en descendant l'escalier.

Je me penchai sur la balustrade, secoué de tremblements. Je ne voulais pas comprendre.

— N'y allez pas, Juhazni ! Vous n'en reviendrez pas.

Juhazni s'arrêta au milieu du hall et leva les yeux vers moi, le corps raide et décidé. Je me cambrai de rage ; je sentis le couteau que j'avais replié et glissé dans ma poche arrière.

— Préfères-tu voir ta sœur dépérir ?

— S'ils vous prennent, ils sauront d'où vous venez !

Juhazni ne parut pas prêter attention à ma remarque et se dirigea vers la cuisine. Furieux, je descendis l'escalier.

Il ouvrait la porte de la cuisine. Je l'arrêtai d'une main. La force que je donnai à ma poigne le fit chanceler. Il se retourna vers moi et me gifla.

— Vous allez nous tuer, Juhazni !

J'élevai une main vers lui et de l'autre tâtai ma poche arrière.

– Vous êtes comme eux ! Vous nous tuez à leur place ! Vous êtes comme eux !

Je reçus immédiatement son poing dans le ventre. Le souffle coupé, je tombai à terre. Je n'eus la force de hurler que quelques secondes plus tard.

Je revins vers lui presque aussitôt et le serrai violemment contre moi.

Ma tête mordait son buste, mes mains enserraient son dos.

– Reste, ne nous laisse pas, murmurai-je doucement en pressant son corps.

Je sentais sa peau rêche contre mes paupières. Mes paupières qui ne voulaient toujours pas pleurer.

Il me repoussa lentement.

J'aperçus sur le carreau de la cuisine le reflet glacial de mon couteau qui avait glissé lors de ma chute.

Juhazni était parti, renonçant à me mettre plus en garde, oubliant en somme de me dire l'essentiel, moi que la mort rendait incrédule…

Mes cris avaient éveillé ma sœur. Je remontai à ses côtés.

Nulle larme, nul gémissement, juste une moue contrainte.

– Il n'en reviendra pas, constatai-je.

Hamjha ne voulait rien entendre. La faible clarté qui perçait par l'entrebâillement des rideaux dessinait un rai de lumière sur sa silhouette. Une forme oblongue qui s'étendait de son front baissé jusqu'au désordre de ses jambes abandonnées sur le plancher.

– Relève-toi et bois, lui soufflai-je.

Je me glissai auprès d'elle. Cette proximité lui inspira quelques sanglots.

Je tentai de dissimuler mon inquiétude.

Le départ de Juhazni, c'était comme une machine étrange qui se mettait en route. Quelque chose était venu s'ajouter au pire.

Je relevai le buste replié de ma sœur. Je plaçai ma jambe gauche derrière ses hanches et, reposant son dos sur moi, la pris dans mes bras. Je tamponnai un chiffon humide contre son front.

— Je vais me rendre chez les Tökson.

Je pressai ses épaules pour tout réconfort.

— Ils nous cacheront dans leur maison, n'est-ce pas ?

— J'ai entendu ce que t'a dit Juhazni. Il ne faut pas aller chez eux. Il faut l'attendre ici.

Je cessai mes caresses. Confusément persuadé que Juhazni serait pris sitôt parvenu au centre-ville, je ne pouvais accepter que ma sœur m'ôte cette dernière perspective. Je la poussai et me relevai.

— Ils n'auront pas Tökson ! Ils les auront tous, mais pas Tökson !

Hamjha frotta son coude.

— Tu m'as fait mal, Odell.

— Ne répète jamais ce que tu viens de dire ! Les choses ont été déjà beaucoup trop loin ! Ce serait nous rendre tout à fait fous. Ce serait une folie que les choses tournent plus mal, m'entends-tu ?

Brusquement je sentis que ma sœur ne m'écoutait plus. Elle se leva avec difficulté et se pencha vers la fenêtre.

— Pourquoi as-tu crié tout à l'heure ? demanda-t-elle.

J'hésitai puis enchaînai d'une voix saccadée :

— J'ai crié parce que Juhazni n'aurait pas dû nous laisser. J'ai crié parce qu'il va se faire arrêter et qu'on viendra nous chercher nous aussi !

— Tu n'aurais pas dû, ajouta-t-elle.

Mon sang ne fit qu'un tour.

Je regardai au-dehors : devant la grille, deux miliciens observaient notre maison.

La mort qui est en marche, c'est un sentiment dont on est tout de suite confusément persuadé.

Voilà ce que ça fait vraiment quand elle est proche : on sait seulement qu'elle est là.

Ma sœur se redresse précipitamment. Elle longe la balustrade d'un pas peu assuré, ouvre la porte du grenier et la referme derrière elle.

Je la regarde faire. Je reste figé, incapable de bouger. J'entends ses pas au-dessus de moi.

Les deux miliciens franchissent la grille du jardin.

Je descends l'escalier. Je ne sais plus ce que je fais.

J'épie leurs pas sur le gravier, puis le silence sur les marches du perron.

Alors, sans réfléchir, j'ouvre la porte qui mène à la cave et la referme derrière moi.

Les miliciens inspectèrent les pièces du rez-de-chaussée puis montèrent au premier étage.

L'un d'eux buta sur le sac du gradé.

Ma peur revenait, elle s'élançait en moi comme pour me trahir.

Je demeurai l'oreille collée contre la porte.

J'imagine qu'ils identifièrent rapidement le sac.

Ils fouillèrent toutes les chambres, ne refermèrent aucune porte et terminèrent par le grenier.

Hamjha hurla en même temps que la décharge.

Je profitai que l'entrée était ouverte pour courir à l'extérieur. La rue semblait vide.

D'un seul élan, je me dirigeai vers la maison des Tökson et frappai violemment à leur porte.

Gaone m'ouvrit. Il me fit signe d'entrer d'un geste rapide.

Kwira se tenait raide et terrifiée dans le couloir. Son mari me mena d'un air abattu dans leur chambre. Il retourna dans la partie avant de la maison pour faire le guet. Sa femme vint se poster près de moi en silence.

– Ils ont tué ma sœur, sanglotai-je.

Elle m'ordonna de me taire.

Brusquement, mon attention fut réveillée par le bruit de la porte d'entrée. La voix des miliciens. Les mêmes, évidemment.

Debout contre le mur, Kwira jetait vers moi des regards craintifs.

La mort en marche.

Je me lève. J'ai compris.
Les voix s'approchent.
Tökson me désigne d'un geste de la main.
— Il est là…

3

Libre

Le couloir s'étend à perte de vue comme un long tunnel. Ils m'ont rompu les poignets avec leur corde filandreuse. Je ne me suis pourtant pas débattu. Je les ai laissés faire.

Nous avons marché un quart d'heure dans la lueur pâle. Je sentais la pointe d'une arme désigner mon corps pour me presser d'avancer.

Pourquoi ne m'ont-ils pas tué tout de suite ? Pourquoi me font-ils encore attendre ?

J'ai dû m'asseoir dans le couloir. Un jeune milicien me surveille depuis plusieurs heures. Son visage me rappelle l'homme que j'ai tué.

Ils ont trouvé le corps du gradé quelques minutes après avoir exécuté Hamjha. Une camionnette est venu chercher les deux cadavres. Ils nous ont dépassés à hauteur de l'église.

Ce sont les Tökson qui ont vu le gradé entrer chez nous et n'en pas ressortir. Ce sont les Tökson qui m'ont entendu crier, qui ont vu Juhazni sortir de la maison. Les Tökson ont offert aux miliciens leur collaboration. On survit comme on peut.

Je pouvais respirer l'air en abondance maintenant que je n'avais plus peur. Il aura donc fallu que je perde ma sœur pour avoir envie de mourir tout à fait. Je suis libre. Rien ne me retient plus. Il aura fallu que plus rien ne me retienne pour être disposé à mourir. On meurt comme on peut.

Ils sortent du bureau. Ils font signe au gradé de les suivre. Je me lève sans résistance. Notre marche reprend, crosse au dos.

Il doit être tard. La lumière artificielle donne au teint une pâleur jaunâtre. Les pas résonnent et se reflètent sur le carrelage.

— J'ai tué un traître, dis-je. Votre homme était un traître…

Je trébuche. Un milicien se retourne et me balance son pied en plein visage. Je saigne du nez. Il m'a cassé deux dents. Je me relève. Les miliciens ne m'impressionnent pas. Je vais mourir.

Une grille au fond du couloir. Un garde qui l'ouvre et nous laisse passer. Le même interminable couloir. Les mêmes yeux secs. Je frotte ma langue sur la base rêche de mes incisives brisées.

Une porte. Ils s'arrêtent. Ils me bandent les yeux et me mènent au-dehors.
Je sens le souffle de l'air. Nos pas sont assourdis par la terre humide. Le jour doit s'être levé.

— Odell, c'est bien toi ?
Ils me poussent et s'éloignent de moi.
— Odell, c'est bien toi ?
— Oui, Juhazni. C'est moi.

La dureté du mur.
La surface grêlée du mur sur ma nuque.

UNE NOUVELLE GÉNÉRATION D'ÉCRIVAINS POUR UNE NOUVELLE GÉNÉRATION DE LECTEURS

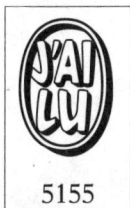

R.I.D. Composition - 91400 Gometz-la-Ville
Achevé d'imprimer en Europe (France)
par Maury-Eurolivres - 45300 Manchecourt
le 10 avril 1999
Dépôt légal : avril 1999. ISBN : 2-290-05155-5
1er dépôt légal dans la collection : févr. 1999

Éditions J'ai lu
84, rue de Grenelle, 75007 Paris
Diffusion France et étranger : Flammarion

5155